Emmanuel A

La visite de Kramule

**Illustrations de
Luc Chamberland**

Inspiré de la série télévisée Kaboum,
produite par Productions Pixcom inc.
et diffusée à Télé-Québec

la courte échelle

Les éditions de la courte échelle inc.
5243, boul. Saint-Laurent
Montréal (Québec) H2T 1S4
www.courteechelle.com

Révision :
Nicolas Gisiger et André Lambert

Conception graphique de la couverture :
Elastik

Conception graphique de l'intérieur :
Émilie Beaudoin

Infographie :
Nathalie Thomas

Coloriste :
Marie-Michelle Laflamme

Dépôt légal, 3ᵉ trimestre 2008
Bibliothèque nationale du Québec

D'après la série télévisuelle intitulée *Kaboum* produite par Productions Pixcom Inc. et télédiffusée par Télé-Québec.

La courte échelle reconnaît l'aide financière du gouvernement du Canada par l'entremise du Programme d'aide au développement de l'industrie de l'édition pour ses activités d'édition. La courte échelle est aussi inscrite au programme de subvention globale du Conseil des Arts du Canada et reçoit l'appui du gouvernement du Québec par l'intermédiaire de la SODEC.

La courte échelle bénéficie également du Programme de crédit d'impôt pour l'édition de livres — Gestion SODEC — du gouvernement du Québec.

Catalogage avant publication de Bibliothèque et Archives nationales du Québec et Bibliothèque et Archives Canada

Aquin, Emmanuel

    Kaboum

    (Série La brigade des Sentinelles ; t. 11)
    Sommaire: t. 11. La visite de Kramule.
    Pour enfants de 6 ans et plus.

    ISBN 978−2−89651−080−1

    I. Chamberland, Luc. II. Titre. III. Titre: La visite de Kramule.
IV. Collection: Aquin, Emmanuel. Série La brigade des Sentinelles.

PS8551.Q84K33 2007   jC843'.54   C2007−942059−1
PS9551.Q84K33 2007

Imprimé au Canada

Emmanuel Aquin

La visite de Kramule

**Illustrations de
Luc Chamberland**

la courte échelle

Les Karmadors et les Krashmals

Un jour, il y a plus de mille ans, une météorite s'est écrasée près d'un village viking. Les villageois ont alors entendu un grand bruit: *kaboum!* Le lendemain matin, ils ont remarqué que l'eau de pluie qui s'était accumulée dans le trou laissé par la météorite était devenue violette. Ils l'ont donc appelée… *l'eau de Kaboum*.

Ce liquide étrange avait la vertu de rendre les bons meilleurs et les méchants pires, ainsi que de donner des superpouvoirs. Au fil du temps, on a appelé les bons qui en buvaient les *Karmadors*, et les méchants, les *Krashmals*.

Au moment où commence notre histoire, il ne reste qu'une seule cruche d'eau de Kaboum, gardée précieusement par les Karmadors.

Le but ultime des Krashmals est de voler cette eau pour devenir invincibles. En attendant, ils tentent de dominer le monde en commettant des crimes en tous genres. Heureusement, les Karmadors sont là pour les en empêcher.

⚡⚡⚡

Les personnages du roman

Magma (Thomas)

Magma est un scientifique. Sa passion : travailler entouré de fioles et d'éprouvettes. Ce Karmador grand et plutôt mince préfère la ruse à la force. Lorsqu'il se concentre, Magma peut chauffer n'importe quel métal jusqu'au point de fusion.

Gaïa (Julie)

Gaïa est discrète comme une souris : petite, mince, gênée, elle fait tout pour être invisible. Son costume de Karmadore comporte une cape verdâtre qui lui permet de se camoufler dans la nature.

Mistral (Jérôme)

Mistral est un beau jeune homme aux cheveux blonds et aux yeux bleus, fier comme un paon et sûr de lui. Son pouvoir est son supersouffle, qui lui permet de créer un courant d'air très puissant.

Lumina (Corinne)

Lumina est une Karmadore solitaire très jolie et très coquette. Elle est capable de générer une grande lumière dans la paume de sa main. Quand Lumina tient la main de son frère jumeau, Mistral, la lumière émane de ses yeux et s'intensifie au point de pouvoir aveugler une personne.

Xavier Cardinal

Xavier est plus fasciné par la lecture que par les sports. À sept ans, le frère de Mathilde est un rêveur, souvent dans la lune. Il est blond et a un œil vert et un œil marron (source de moqueries pour ses camarades à l'école). Xavier, qui est petit pour son âge, a hâte de grandir pour devenir enfin un superhéros, un pompier ou un astronaute.

Mathilde Cardinal

C'est la grande sœur de Xavier et elle n'a peur de rien. À neuf ans, Mathilde est une enfant un peu grande et maigre pour son âge. Sa chevelure rousse et ses taches de rousseur la complexent beaucoup. En tout temps, Mathilde porte au cou un médaillon qui lui a été donné par son père.

Pénélope Cardinal

Pénélope est la mère de Mathilde et de Xavier. Cette femme de 39 ans est frêle, a un teint pâle et une chevelure blanche. Elle est atteinte d'un mal inconnu qui la cloue dans un fauteuil roulant.

Le maire

Gildor Frappier est le maire de la petite ville. Il habite seul avec ses deux chats dans une maison au bord de la rivière. C'est un homme tranquille qui aime le jardinage. Il ne ferait pas de mal à une mouche.

Les personnages du roman

Shlaq

Ce terrible Krashmal s'habille comme un motard. Il est trapu et a la carrure d'un taureau – il a d'ailleurs un gros anneau dans le nez, et de la fumée sort de ses narines lorsqu'il est énervé. De ses mains émanent des rayons qui ont pour effet d'alourdir les gens : il peut rendre sa victime tellement pesante qu'elle ne peut plus bouger, écrasée par la gravité.

Fiouze

Fiouze est une créature poilue au dos voûté et aux membres allongés. Il ricane comme une hyène. C'est le plus fidèle assistant de Shlaq.

Kramule

Kramule est une Krashmale dont les cheveux sont constitués de noirceur pure. Avec sa chevelure, elle peut plonger une pièce entière dans les ténèbres les plus profondes ! Elle ne travaille pas gratuitement : les Krashmals qui veulent l'engager doivent payer très cher ses services. Elle est la pire ennemie de Lumina.

Embellena

Embellena est une Krashmale ambitieuse et cruelle qui travaille avec Riù dans la grande ville. Elle a le pouvoir de projeter de son nombril un filet qui emprisonne sa victime dans un cocon de fils gluants ! De plus, elle possède une bague qui lui permet de se métamorphoser en n'importe qui !

Yak

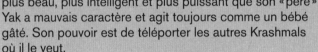

Ce jeune Krashmal est le clone de Riù. Il n'aime pas qu'on lui rappelle ses origines : il se trouve plus beau, plus intelligent et plus puissant que son « père » ! Yak a mauvais caractère et agit toujours comme un bébé gâté. Son pouvoir est de téléporter les autres Krashmals où il le veut.

Chapitre 1

Une silhouette sombre s'avance douce-
ment vers la demeure du maire Frappier.
C'est celle d'une femme vêtue d'une robe
en toiles d'araignées.

Une chevelure aussi noire que la nuit
flotte autour de sa tête comme un nuage
d'encre.

La Krashmale arrive devant la maison, qui sert de base secrète à Shlaq.
Avec l'un de ses longs doigts gantés, elle
appuie sur la sonnette.

Fiouze ouvre la porte:

— Bonjour, sssplendide Kramule! J'essspère que tu as fait bon voyage!

— Ton maître a encore demandé mon aide, dit gravement la Krashmale.

— Oui, oui! Entre! C'est pour détruire les sssatanées Sssentinelles! Je crois que Shlaq a trouvé une façon de sss'en débarrasssser pour toujours!

✦✦✦

À la ferme, Mistral, Lumina, Gaïa et les enfants sont installés sur la pelouse. Ils ont entrepris de sculpter un immense tronc d'arbre, tombé la semaine dernière, pendant leur bataille contre Shlaq et le professeur Pygmalion. Ils veulent façonner un nouveau totem pour les Sentinelles.

Armés de ciseaux à bois et de maillets, ils ont hâte de donner forme à la grande colonne.

— J'ai drôlement soif, soupire Mistral. Où est Pénélope? Je rêve de sa limonade.

— Elle est allée à l'hôpital pour passer des tests, répond Gaïa. Sa toux a empiré.

— La pauvre… C'est vrai qu'elle a l'air un peu faible, ces temps-ci.

Mistral souffle sur les copeaux pour nettoyer la surface sur laquelle il travaille. Il en profite pour s'adresser à ses amis :

— Je le répète pour ceux qui l'auraient oublié : pas de visages effrayants, pas de griffes ni de crocs, ni de bec trop pointu. Je veux que ce totem soit facile à neutraliser s'il prend vie !

— Arrête d'avoir peur ! fait Lumina. Nous avons placé des tiges de métal partout dans le tronc, comme ça Magma pourra le faire chauffer facilement.

Mistral grimace en pensant à Magma, qui a perdu ses pouvoirs en détruisant la statue animée de Gorgon le Krashmal.

— Tu crois que Magma va revenir bientôt ? demande Mistral à Gaïa.

— Laissons-lui le temps.

— Gaïa, est-ce que c'est vrai qu'il t'a nommée chef des Sentinelles ? s'enquiert Mathilde.

— Oui. Mais c'est seulement en atten-

dant qu'il retrouve ses pouvoirs.

— Où est-il? Il devrait nous aider à sculpter le totem, non? lance Lumina.

— Il est dans son laboratoire, dit Gaïa, inquiète. Il n'en sort presque pas et ne porte plus son uniforme de Karmador. Je crois qu'il dort au milieu de ses bouteilles et de ses fioles.

Mistral frémit:

— Ça ne doit pas être facile à accepter, de perdre ses pouvoirs comme ça. Je ne sais pas ce que je ferais si ça m'arrivait.

— Toi? répond Lumina. Tu passerais ton temps à te plaindre!

✦✦✦

Dans le laboratoire des Sentinelles, aménagé au sous-sol de la ferme, Thomas est en train de consulter un de ses nombreux livres de chimie. Il ne s'est pas rasé depuis plusieurs jours, et ses cheveux sont encore plus mal coiffés que d'habitude.

À l'aide d'appareils électroniques très complexes et de plusieurs ordinateurs, il étudie des formules chimiques dans le but de trouver un antidote à sa «panne» de pouvoir.

Gaïa vient le visiter:

— Thomas, nous allons peindre le totem. Nous t'attendons tous pour donner le premier coup de pinceau. Ça va te faire du bien de sortir d'ici et de voir du monde.

Il secoue la tête:

— Non. Il me faut un remède! STR est trop occupée pour m'aider, je dois me débrouiller seul. Sans mes pouvoirs, je ne sers à rien!

— Tu es notre chef. Nous avons besoin de toi, avec ou sans pouvoir.

— C'est toi, le chef, maintenant! C'est à toi de donner le premier coup de pinceau! rétorque Thomas en retournant à son livre.

↯↯↯

Dans sa base secrète, Shlaq crache de la fumée par les narines en examinant le robot du maire Frappier, qui passe le balai. Cet homme mécanique, contrôlé par les Krashmals, a pris la place du vrai maire, qui est maintenu dans le coma et qu'on a enfermé dans un placard.

— Robot! Shlaq a une mission pour toi! Tu dois aller voir ce que fabriquent les Sentinelles pendant que Shlaq prépare son plan diabolique.

— Je suis à vos ordres! Bzzt!

— Alors, écoute bien ce que Shlaq va te dire…

Les Sentinelles et les enfants sont en train de peindre le nouveau totem avec des couleurs vives. Mout et Sheba, les chats de la ferme, courent après des papillons.

Xavier porte autour du cou les lunettes brisées du professeur Pygmalion, attachées avec un lacet de cuir. Il veut faire comme sa sœur, Mathilde, qui porte un médaillon contenant de l'eau de Kaboum.

— Pourquoi tiens-tu tant à ces lunettes? lui demande Mathilde.

Tu as l'air ridicule! Quand maman va revenir de l'hôpital, elle va te les confisquer.

— C'est une médaille qui me rappelle notre victoire! Sans moi, les Sentinelles n'auraient pas pu arrêter ce terrible Krashmal! Quand j'aurai des sous, je la ferai encadrer et je la placerai au-dessus de mon lit!

Mathilde pousse un soupir et continue de peindre en rouge la tête de cardinal du totem. Xavier commence à colorer un grand trèfle sculpté lorsqu'il remarque la voiture du maire, qui approche.

— Oh non, c'est encore le maire! lance le garçon.

Gaïa se redresse en voyant l'auto:

— Cet homme est impossible! Il refuse de me rencontrer depuis plusieurs jours, mais le voilà qui vient nous rendre visite!

Je vous le dis, il y a quelque chose qui cloche chez ce type!

Le robot du maire Frappier sort du véhicule et inspecte le totem, couché sur la pelouse. À la vue de l'homme mécanique, les deux chats gonflent leur queue et font le gros dos. Il les ignore et s'adresse aux Karmadors:

— Je suis venu vous dire que votre totem violait plusieurs règlements municipaux! Bzzt! Et j'ai reçu plusieurs plaintes de bruit de la part de vos voisins. Si vous n'enlevez pas votre totem d'ici demain et si vous n'arrêtez pas vos activités bruyantes, je vais devoir appeler la police! Bzzt! Et je ferai fermer votre quartier général parce que vous troublez la paix de notre petite ville.

Gaïa affronte le maire en le regardant droit dans les yeux:

— Nos voisins sont à plus de 500 mètres; je doute fort qu'ils entendent quoi que ce soit! Je ne sais pas ce que vous tramez, monsieur le maire, mais je vais le découvrir, croyez-moi! Vous faites tout pour saboter nos opérations et je ne serais pas surprise que des manigances des Krashmals se cachent là-dessous!

Le robot ne cille pas et retourne à sa voiture. Il pose accidentellement le pied sur un pot de peinture plein... et le broie complètement! La peinture gicle partout, mais cela ne semble pas le préoccuper: il claque sa portière et part en soulevant un nuage de poussière sur le chemin de terre.

Gaïa inspecte le pot de métal écrasé:

— Vous avez vu ça? Pour aplatir un pot comme ça, il faut peser au moins deux cents kilos! Et que dire de ses anciens chats: ils «crachent» dès qu'ils le voient... Cet homme n'est pas celui qu'il prétend être!

— Que veux-tu dire, Gaïa? demande Lumina.

La Karmadore aux antennes réfléchit une seconde avant de répondre:

— Le maire Frappier semble avoir une force démesurée. Et il a un comportement froid, presque mécanique. Je ne serais pas surprise que ce soit... un robot contrôlé par les Krashmals!

Mistral soupire:

— Allons donc! Pourquoi les Krashmals auraient-ils remplacé le maire par un robot?

— Pour nuire à nos activités, tiens! répond Lumina à son frère.

— Pffft! Si c'était un robot, je m'en serais rendu compte!

✦✦✦

Grâce à la caméra cachée dans les yeux du maire, Shlaq, Fiouze et Kramule

ont pu suivre l'échange avec les Sentinel-les depuis leur base secrète. Shlaq crache de la fumée en signe de satisfaction:

— Ha! Les Karmadors vont être dans de beaux draps grâce au robot de Shlaq!

Fiouze reste silencieux. Il a l'air pré-occupé.

— Que se passe-t-il, assistant de malheur? On dirait que tu as vu un fantôme!

Le Krashmal poilu fixe son patron:

— Votre altessse, vous avez vu? Le petit crapaud aux cheveux jaunes porte à ssson cou les lunettes du professseur Pygmalion!

— Et puis?

— Le professseur était mon idole! Quand j'étais un tout petit Krashmal, ma mère me racontait ssses aventures! Et maintenant que les vilaines Sssentinelles ont détruit le professseur, tout ce qui ressste de lui, ce sssont ssses lunettes! Il me les faut, patron! Il me les faut coûte que coûte!

Chapitre 2

On sonne chez le maire Frappier. Shlaq ordonne au robot de se lever pour aller répondre.

Quelques instants plus tard, Fiouze, qui se brosse le pelage dans la cuisine, interpelle l'homme mécanique :

— Alors, robot, qui est à la porte ?

— C'est Fiouze. Bzzt !

— Tu dis des bêtises, sssatanée machine ! dit le Krashmal velu.

Fiouze rejoint le robot dans l'entrée. Il pousse un hoquet de stupeur en apercevant la silhouette qui se dresse sur le seuil. Il s'agit de… lui-même! Un deuxième Fiouze, qui lui est identique en tous points!

— Sssacrilège! Je sssuis doublé! Qui es-tu, sssale imposssteur?

Le deuxième Fiouze, à la porte, sourit de toutes ses dents:

— C'est à la demande de Shlaq que je suis ici.

Fiouze devient très nerveux:

— Je ne comprends pas! Je croyais que j'étais unique! Ne me dis pas que tu es un robot toi ausssi et que le patron a décidé de me remplacer!

Le deuxième Fiouze éclate de rire. Et il se métamorphose en Embellena!

— Ha, ha, ha! Je t'ai bien eu, pauvre naïf! lance la Krashmale avec un sourire méchant.

Le visage de Fiouze s'éclaire aussitôt:

— Embellena! Tu as utilisé ta bague magique pour te transsssformer en moi! Comme tu es rusée!

Embellena entre en prenant un air de reine. Un jeune Krashmal marche derrière elle. Fiouze le toise avec prudence:

— Et toi, qui es-tu, petit asssticot? Tu resssembles beaucoup à Riù!

— Je suis Yak, espèce de navet poilu! Je suis le clone de Riù, mais en beaucoup plus intelligent! Et si tu n'es pas plus poli avec moi, je te téléporte sur la Lune!

⚡⚡⚡

À la ferme, Gaïa est assise dans le salon en compagnie de Mistral et de Lumina:

— Je vais rendre visite au maire, annonce-t-elle. Je dois comprendre une fois pour toutes ce qui se passe. Mistral, tu m'accompagnes. Lumina, tu restes ici pour garder le fort.

Mistral soupire:

— Tu as vraiment besoin que quelqu'un vienne avec toi pour interroger ce bonhomme? J'aurais préféré m'entraîner un peu. On m'a demandé de poser pour

la couverture d'un magazine d'éducation physique, la semaine prochaine, et je veux avoir l'air le plus en forme possible.

Gaïa soupire:

— Mistral, s'il te plaît, ne me force pas à te donner un ordre.

Le Karmador blond se redresse aussitôt:

— J'avais oublié que tu étais mon chef! Pardon, chef!

$$\textbf{\textit{+ + +}}$$

Dans la maison du maire, les Krash-mals discutent en mangeant des muffins à la mouffette. Kramule, Embellena, Yak et Fiouze sont assis autour de Shlaq. Ce dernier crache de la fumée en prenant la parole:

— Comme vous le savez, Shlaq se bat contre les Sentinelles depuis plusieurs semaines déjà. Il a tout essayé: une

plante carnivore, des vampiris et même une pieuvre géante ! Il a aussi engagé d'autres Krashmals, comme Brox et Riù, mais il n'a pas réussi à atteindre son objectif.

— C'est quoi, ton objectif ? demande Yak. Et pourquoi parles-tu de toi à la troisième personne ?

Shlaq grogne :

— Shlaq parle de lui comme il veut, fripouille ! Quant à l'objectif de Shlaq, disons qu'il désire mettre la main sur un bijou.

— Un bijou ? dit aussitôt Embellena, intéressée. Quel genre de bijou ? Est-il beau ? Est-il rare ?

— Il s'agit d'un médaillon qui n'a aucune valeur, répond Shlaq, qui ment sans broncher. Il a été volé à Shlaq, et Shlaq est déterminé à l'arracher des griffes de la sale petite grenouille aux cheveux orange.

— Veux-tu que je te téléporte à côté d'elle? suggère Yak. Comme ça, tu reprends le médaillon, et hop! je te téléporte ici. En dix secondes, tout est fini.

— Shlaq ne peut pas mettre les pieds chez la grenouille. Sa mère est une sorcière qui a fait une incantation interdisant à Shlaq et à Fiouze de pénétrer chez elle. Il faudrait envoyer un autre Krashmal, mais Shlaq n'a confiance en personne d'autre que lui-même. Alors Shlaq a trouvé mieux : ce soir, quand il fera noir, il vous exposera son plan infaillible!

— Je n'ai pas le goût d'attendre jusqu'à ce soir, bougonne Yak. Présente-moi ton plan tout de suite.

— Shlaq a dit «ce soir», petit vaurien, et tu vas attendre jusqu'à ce soir. Compris?

— Pourquoi j'aurais à t'écouter, hein? s'impatiente le jeune Krashmal.

— Parce que si tu fais ce que Shlaq dit, tu recevras trois camions de bonbons explosifs, et Embellena sera nommée chef des Krashmals de la province! Mais si tu refuses, Shlaq te donnera une correction dont tu te souviendras longtemps!

⚡⚡⚡

À la ferme, Gaïa descend au sous-sol pour aller voir Thomas dans son laboratoire.

Le jeune homme est occupé à mélanger des poudres en se servant de pinces robotisées.

— Salut, dit Gaïa. Je suis venue t'annoncer que je vais aller rendre visite au maire. Je le soupçonne d'avoir été remplacé par un robot krashmal.

— Vraiment? As-tu des preuves? Ou des indices?

— Non, c'est pour ça que je suis ici. Je me demandais si tu pouvais m'aider à en trouver.

Thomas réfléchit une seconde. Puis il ouvre un placard et en extrait un petit appareil, pas plus gros qu'une télécom-

mande. Il le tend à Gaïa :

— Tiens, c'est un détecteur de circuits électroniques. Utilise-le devant le maire : ce détecteur t'avertira tout de suite s'il s'agit d'un robot.

— Je savais que tu penserais à quelque chose ! Sans toi, je ne sais pas ce que je ferais !

— Tu es gentille de me dire cela, mais sans mes pouvoirs, je me sens tellement inutile…

⚡⚡⚡

Dans la maison du maire, Fiouze interpelle Yak et Kramule. Il les amène dans la cuisine, où Shlaq ne peut pas les entendre :

— En attendant que le patron nous exxxpose ssson plan, je veux vous confier une misssion. J'aimerais que vous alliez chercher un objet très précieux : les lunettes du professseur Pygmalion. C'est un petit crapaud aux cheveux jaunes qui les porte comme un pendentif!

— Enfin de l'action! fait le jeune Krashmal.

— Tu sais que je ne travaille pas gratuitement, répond Kramule.

— Je le sssais, exxxquise Kramule. Dis-moi ton prix et je te paierai ausssitôt.

La splendide Krashmale réfléchit une seconde en toisant Fiouze:

— Je désire quelque chose qui t'est très cher. À Shlaq, j'ai demandé un litre de sueur. Mais à toi, je demande ta fourrure.

Le Krashmal velu pousse un hoquet de frayeur:

— Sssacrilège! Tu veux me prendre mon beau pelage? C'est imposssible!

— Si tu n'es pas prêt à me le donner, tant pis. Débrouille-toi sans moi!

Fiouze se tord les mains en réfléchissant. Puis il grimace :

— D'accord, j'accepte.

Kramule sourit :

— Tu vas me le donner tout de suite. Tu sais bien que j'exige toujours d'être payée à l'avance.

Fiouze frémit.

Chapitre 3

À la ferme, Gaïa et Mistral sortent sur le perron. Ils croisent Xavier et Mathilde, qui finissent de peindre le totem.

— Mistral et moi allons voir le maire, puis nous irons chercher votre mère à l'hôpital. Elle devrait avoir terminé ses tests, à l'heure qu'il est. À notre retour, nous érigerons notre chef-d'œuvre, dit Gaïa en désignant du doigt la grande sculpture de bois.

— Pourquoi Thomas n'y va pas avec vous ? demande Mathilde.

— Il préfère rester dans son laboratoire. Et si vous alliez lui remonter le moral pendant notre absence? Il a besoin de rigoler un peu.

— Compte sur nous! lance fièrement Xavier. Les Nelsentis s'en occupent!

Mistral fronce les sourcils:

— Ça veut dire quoi, «Nelsentis»?

— Ce sont les syllabes de «Sen-ti-nelles» à l'envers, lui explique Gaïa. C'est le nom que les jeunes ont donné à leur équipe.

Les Karmadors montent dans la petite voiture électrique de Gaïa.

⚡⚡⚡

Pendant ce temps, dans la salle de bains de la maison du maire, Fiouze se tient debout dans la baignoire, les bras en l'air. Kramule allume un gros rasoir électrique :

— Ne bouge pas, Fiouze.

Le Krashmal velu ferme les yeux. Kramule plonge la tondeuse dans la fourrure. Le poil tombe à ses pieds. Bientôt, la baignoire en est remplie. Fiouze n'ose pas rouvrir les yeux. Kramule rase tout le corps du Krashmal, sauf la tête et le tour de taille.

— Je me sssens tout nu !

Une fois son travail terminé, Kramule ramasse le pelage de Fiouze et le met dans un sac.

Yak vient les rejoindre dans la salle de bains. Il éclate de rire en voyant Fiouze:

— Ha, ha, ha! Tu as l'air d'un caniche tondu!

Fiouze ouvre les yeux et s'aperçoit dans le miroir:

— Sssi ma mère me voyait, elle me punirait terriblement! J'essspère que tu es contente de toi!

— Je suis prête à aller récupérer les lunettes, maintenant, fait Kramule avec satisfaction.

— À moi de jouer. Tiens-toi bien, je vais t'envoyer chez les Sentinelles! dit Yak.

Le garçon se frotte le nez... et la Krashmale disparaît aussitôt, téléportée au loin.

⚡⚡⚡

Kramule apparaît dans la maison de

Pénélope, en haut de l'escalier. Elle regarde autour d'elle pour s'orienter.

Ses cheveux émettent des rayons de noirceur. Tranquillement, les lumières autour d'elle s'assombrissent.

⚡⚡⚡

Au sous-sol, Xavier et Mathilde cognent à la porte du laboratoire. Thomas laisse de côté ses études pour leur ouvrir. Il a l'air mécontent d'être dérangé :

— Que se passe-t-il ? Pourquoi êtes-vous ici ?

— Nous sommes venus te tenir compagnie, répond Mathilde.

— Tu n'as pas encore vu notre totem !

ajoute Xavier. Il est super cool, avec une tête de cardinal et un gros trèfle!

Thomas sourit faiblement:

— Vous êtes bien gentils de vous préoccuper de moi. Mais je dois trouver un remède à ma panne de pouvoir.

— Est-ce que nous pouvons t'aider? se hasarde à demander Xavier. Tu as sûrement besoin d'assistants, non?

Soudain, un voyant lumineux de la console du laboratoire s'allume. Thomas prend un air grave:

— C'est l'alerte silencieuse. Il y a un intrus dans la maison! Vite, les enfants, suivez-moi dans la pièce de sécurité!

Sans perdre une seconde, Thomas les guide vers la bibliothèque du sous-sol, derrière laquelle se trouve une porte secrète qui mène à une chambre blindée.

⚡⚡⚡

Dans le salon de la maison du maire, les Krashmals se disputent tandis qu'Embellena se lime les ongles. Shlaq parle durement à Fiouze :

— Où est passée Kramule, assistant de malheur ? Et qu'est-il arrivé à ton poil ? Tu es encore plus laid que d'habitude !

Fiouze répond piteusement :

— Kramule est partie faire une commisssion pour moi, votre altessse. Elle devrait revenir d'ici peu.

Shlaq comprend aussitôt et se tourne vers Yak :

— Petite vermine ! Tu l'as téléportée à la ferme afin qu'elle retrouve les stupides lunettes de Pygmalion, c'est ça ?

Yak se braque :

— Je n'aime pas qu'on me parle sur ce ton !

Soudain, on sonne à la porte. Shlaq regarde par la fenêtre et reconnaît Gaïa et Mistral. Il crache un nuage de fumée noire :

— Les Karmadors ! Vite ! Il faut se cacher !

Embellena sourit :

— Yak, fais disparaître ces messieurs pendant que je vais répondre à nos visiteurs.

— Avec plaisir ! dit Yak en faisant un sourire coquin.

Avant que Shlaq et Fiouze ne puissent dire quoi que ce soit, Yak plisse le nez et les téléporte au milieu de la rivière !

De l'autre côté de la porte, on entend la voix de Gaïa :

— Ouvrez, monsieur le maire ! Je sais

que vous êtes là!

Embellena chuchote à sa main:

— Sois chic, bague magique!

Et soudain, elle se métamorphose en maire Frappier!

⚡⚡⚡

À la ferme, Kramule marche dans le corridor, à l'étage des chambres. Un nuage de noirceur la suit partout où elle va.

La belle Krashmale ouvre une porte au hasard. C'est la chambre de Lumina. Celle-ci est en train de lire un magazine de mode sur son lit et a des écouteurs dans les oreilles. Elle n'a pas été prévenue par l'alerte silencieuse.

Dès qu'elle voit sa pire ennemie, Lumina bondit sur ses pieds :

— Kramule! Sale crapule! Que fais-tu ici!

— Lumina chérie! Quelle désagréable surprise!

Sans perdre une seconde, la Karmadore envoie un jet de lumière sur la Krashmale. Kramule se défend aussitôt en projetant des rayons ténébreux avec ses cheveux.

✦✦✦

Embellena, métamorphosée en maire Frappier, ouvre la porte à Gaïa et Mistral.

— Que voulez-vous? demande-t-elle.

Gaïa sort discrètement son détecteur de circuits électroniques:

— Je suis venue exiger de vous des explications sur votre comportement, monsieur le maire. Je veux savoir pourquoi vous nous harcelez!

Embellena hausse les sourcils comme si de rien n'était :

— Mais je fais mon devoir de magistrat, voyons. Il ne faut pas m'en vouloir pour ça !

Mistral s'interpose :

— Et ce que vous nous avez dit ce matin au sujet du totem ?

Embellena a un sourire charmeur :

— Ce matin ? Je vous ai dit quelque chose, moi ? Je ne m'en souviens plus. Ce n'était pas important. Allez, maintenant, laissez-moi tranquille, je dois aller me limer les ongles… euh, je veux dire me peigner la moustache. Au revoir !

Embellena referme la porte. Gaïa et Mistral se regardent, médusés.

— Et alors ? demande Mistral. C'est un robot ?

Gaïa consulte son détecteur.

— Non. Il est humain. Mais il avait l'air différent de ce matin. C'est à n'y rien comprendre !

✦✦✦

Dans la chambre de Lumina, la Karma-dore et la Krashmale se livrent un combat acharné. Les rayons lumineux se mêlent aux rayons ténébreux. Le spectacle est éblouissant.

Les éclairs de Lumina percent le nuage noir qui menace de l'engloutir. Elle envoie tout ce qu'elle peut pour reprendre le dessus, mais les ténèbres grandissent. Lentement mais sûrement, la chambre devient sombre. La noirceur de Kramule l'emporte...

— Que se passe-t-il, Lumina chérie ? Tu es moins puissante que la dernière fois. Est-ce parce que ton frère n'est pas là pour t'aider ?

— Je n'ai pas besoin de mon frère ! réplique Lumina en faisant basculer Kramule d'un coup de pied.

La Krashmale tombe sur le dos. Aussitôt, la Karmadore la bombarde de jets de lumière avec ses deux mains.

Au sol, Kramule grimace en plissant les yeux. Elle se protège avec ses mains gantées. Ses cheveux s'agitent et s'allongent. Ils s'enroulent autour de Lumina comme les tentacules d'une pieuvre.

La Krashmale se relève, tandis que la Karmadore recule, aux prises avec les rayons de noirceur. Kramule éclate d'un rire machiavélique. Lumina plie un genou, épuisée.

— Ma pauvre

petite, tu ne fais pas le poids!

La terrible femme avance vers la Sentinelle, qui n'en peut plus.

— Tu as perdu, Lumina. Et je vais te régler ton compte une fois pour toutes! Aucun de tes amis ne va venir à ta rescousse!

— Si! Moi! lance Magma, derrière elle.

La Krash-male se tourne vers le jeune homme, qui a enfilé son uni-forme de Kar-mador.

— Tiens, c'est le petit avorton! crache Kramule.

Sans hésiter, Magma lance le contenu d'une bouteille sur la Krashmale. Le liquide lui brûle les yeux.

— Argh! Je suis aveuglée!

Magma sort alors une petite fiole de sa poche et en vide le contenu sur Kramule, qui hurle de plus belle:

— Ahh! C'est quoi, cette horreur? J'ai la tête qui tourne!

Les liquides déversés sur Kramule se mélangent. Il en résulte une réaction chimique, qui crée une fumée jaunâtre et nauséabonde.

Magma se bouche le nez en aidant Lumina à se relever. Ils quittent la pièce en vitesse. Derrière eux, Kramule, aveuglée, s'endort, terrassée par le gaz anesthésiant.

Chapitre 4

Dans la maison du maire, Embellena et Yak fouillent frénétiquement la salle de contrôle de Shlaq:

— Je suis persuadée que nous allons trouver les détails du plan de Shlaq ici! Peut-être même que nous pourrons en profiter pour lui couper l'herbe sous le pied et aller voler le bijou avant lui!

— Dépêche-toi, Embellena! dit Yak. J'ai téléporté Shlaq et Fiouze dans la rivière pour gagner un peu de temps, mais ils vont sûrement revenir bientôt!

↯↯↯

Shlaq et Fiouze émergent de la rivière, trempés et frigorifiés.

— Ce Yak de malheur va regretter d'avoir téléporté Shlaq au milieu de cette rivière glacée!

La brute krashmale se dirige vers la maison du maire. Fiouze la suit comme un fidèle caniche.

↯↯↯

À la ferme, l'alerte a été levée, et les enfants sont sortis de la pièce de sécurité. Ils observent Magma et Lumina, qui mettent des masques à gaz.

— Wow! Magma a réussi à neutraliser une Krashmale sans même avoir de pouvoir! fait Xavier, admiratif.

Les deux Sentinelles allongent Kramule

sur une civière et descendent l'escalier :

— Elle sera inconsciente pendant une heure environ. Installons-la dans mon laboratoire. Je crois que j'ai ce qu'il faut pour m'occuper d'elle.

Xavier entre dans la chambre de Lumina en se bouchant le nez. Il inspecte les lieux à quatre pattes. Sa sœur est intriguée :

— Que cherches-tu ?

— Un objet que Kramule aurait pu échapper. Ça me ferait un autre trophée pour ma collection !

Xavier tourne de l'œil. Il a respiré du gaz anesthésiant !

— Je suis étourdi…

Il s'évanouit sur le tapis.

⚡⚡⚡

Dans la maison du maire, Embellena et Yak fouillent dans le salon. Yak s'impatiente :

— Il n'y a rien ici non plus !

Embellena pousse un soupir exaspéré :

— Carnage ! Mais où cache-t-il ses secrets, ce Shlaq de malheur ! Il doit bien y avoir des traces de son plan dans cette demeure !

Shlaq entre par la porte arrière en crachant de la fumée noire. Embellena se raidit, très mal à l'aise. Le gros Krashmal crie en apercevant Yak :

— Sale microbe ! Tu as envoyé Shlaq dans l'eau sans lui demander la permission ! La veste de cuir de Shlaq est toute mouillée, elle est bonne à jeter !

— Il fallait vous cacher lorsque les

Karmadors sont venus voir le maire! répond hypocritement Yak. Mon plan a très bien fonctionné! ajoute-t-il en rigolant.

— La prochaine fois, Shlaq te donnera une bonne correction!

Yak croise les bras:

— Je n'aime pas qu'on me parle comme ça. Je suis Yak, le futur Krashmal Suprême!

— Shlaq te parlera comme il veut!

— Si c'est comme ça, je m'en vais! lance Yak.

Fiouze prend un air paniqué:

— Mais qui va ramener la jolie Kramule et mes lunettes?

— Tant pis pour elle! fait Yak en claquant la porte derrière lui.

Embellena tente d'avoir l'air innocente:

— Vous savez, je soupçonne Yak d'avoir fouillé dans vos affaires. Je crois qu'il tentait de découvrir votre plan.

— Pas de danger, rugit le gros Krashmal. Le plan de Shlaq est dans sa tête!

Embellena grimace discrètement.

Shlaq se tourne vers son assistant:

— Nous avons perdu Yak et, à cause de toi, nous allons peut-être perdre Kramule!

Fiouze est découragé:

— Sssi Kramule ne me rapporte pas

les lunettes du professseur, je me sssuis tout fait raser pour rien!

✦✦✦

Les deux Sentinelles installent Kramule sur la table du laboratoire. La Krash-male est toujours inconsciente, mais les Karmadors l'attachent pour ne pas courir de risque.

Magma fait des recherches dans son ordinateur:

— Voyons, où ai-je pu mettre cette formule?

— Quelle formule? demande Lumina.

— C'est un projet personnel sur lequel je travaille depuis des années: un gaz hilarant pour Krashmals!

— Je croyais que les gaz hilarants n'avaient aucun effet sur eux.

— Ce n'est pas vrai. Le problème, c'est que tous les Krashmals sont différents. Ce qui affecte l'un n'affecte pas l'autre. Pour faire rire tous les Krashmals du monde, il faudrait inventer un gaz pour chacun d'entre eux. Puisque Kramule est notre prisonnière et que je peux analyser sa physiologie, je crois être capable de fabriquer un gaz personnalisé.

Lumina et Magma placent Kramule dans un scanner, pour analyser le fonctionnement interne de la Krashmale.

Puis Magma élabore une formule adaptée à sa patiente. En quelques minutes, il mélange les produits chimiques nécessaires.

— Et voilà! dit fièrement le Karmador en remplissant une petite bonbonne de gaz. Lumina, va chercher les enfants!

⚡⚡⚡

Chez le maire, Shlaq enfile une nouvelle veste de cuir. Fiouze se sèche vigoureusement avec une serviette. Embellena les regarde avec dédain:

— Qu'allons-nous faire, maintenant que Yak est parti? J'imagine que le plan de Shlaq tombe à l'eau, lui aussi.

Shlaq crache de la fumée:

— Ne sous-estime pas Shlaq, vipère! Yak n'était pas indispensable au plan de Shlaq. Kramule non plus, d'ailleurs. Toi, par contre, tu y joues un rôle de premier plan !

— Pourquoi je resterais ?

— Parce que demain, nous aurons tous les Karmadors à nos pieds et que nous boirons de l'eau de Kaboum ensemble. Voilà pourquoi !

Embellena est intriguée :

— Et le fameux bijou dont tu parlais. Je pourrai le garder ?

— Absolument! Si tu aides Shlaq, tu auras tous les bijoux du monde!

— Alors expose-moi ton plan!

— D'accord! Assieds-toi, Shlaq va tout t'expliquer!

✦✦✦

Lumina et Mathilde arrivent au laboratoire. Lumina porte Xavier dans ses bras. Magma s'inquiète, mais la Karmadore le rassure:

— Le petit a respiré un peu de ton gaz. Il est inconscient.

Elle pose l'enfant dans un fauteuil.

— Est-ce que mon frère se réveillera bientôt? demande Mathilde. Parce que si maman le trouve comme ça à son retour, elle va se faire du mauvais sang.

— Ne t'inquiète pas pour lui, répond Magma. Dans quelques minutes, il sera sur pied. Écoute, Mathilde, j'aurais besoin de ton aide. Est-ce que tu connais de bonnes blagues?

— Tu parles d'une drôle de question! Xavier en connaît des tonnes. Moi, je n'en connais qu'une ou deux. Pourquoi?

— Kramule va bientôt se réveiller et je vais tester sur elle un gaz hilarant. Si tu pouvais lui raconter une blague, ça l'aiderait à rire. J'ai peur que le gaz tout seul ne suffise pas.

Mathilde n'en revient pas:

— Tu veux que je fasse rire Kramule? Tout le monde sait que les Krashmals ne rient jamais de bon cœur! S'il y en a un qui rit, il perd aussitôt ses pouvoirs et devient un Krashmal fini!

— Voilà justement ce que je vise.

Kramule ouvre avec peine une paupière.

Magma place un casque sur la tête de la Krashmale. Ce casque est relié à la bonbonne de gaz par deux tuyaux. Le

Karmador ouvre les valves de la bouteille.

— La voilà qui se réveille. Vite, Mathilde! Raconte-lui quelque chose!

Mathilde fixe Kramule. Elle ne se souvient plus d'aucune blague! Pourtant,

depuis qu'elle est petite, Xavier lui en raconte sans arrêt. On dirait que sa mémoire s'est complètement effacée.

— Laissez-moi partir! gémit la Krash-male sur la table. Je vous ordonne de me laisser partir!

Magma regarde Mathilde intensément pour l'encourager. Il lui fait signe de parler. La pauvre rouquine ne sait pas quoi dire. Sa bouche ne veut plus s'ouvrir! Elle se sent devenir toute petite. Ses joues rougissent.

Lumina intervient:

— Je crois que j'en connais une. Elle est de Jérôme, alors elle est aussi subtile qu'un éléphant. C'est l'histoire de...

Mathilde sort de sa transe et inter-rompt Lumina:

— Ça y est, j'en ai une! «Comment un éléphant monte-t-il sur un arbre? Il s'assoit sur un arbuste et il attend qu'il pousse.»

Magma et Lumina sont amusés. Sur la table, Kramule fronce les sourcils tandis qu'elle cherche à comprendre la blague. Puis, aidée par le gaz hilarant, elle sourit. Un peu au début, puis de plus en plus.

Elle rigole!

— Hi, hi, hi! Il attend que l'arbuste pousse! Hi, hi, hi!

La Krashmale glousse. Son rire devient de plus en plus fort.

— HA, HA, HA! Il attend! HA, HA, HA! Que l'arbuste pousse! HA, HA, HA!

Kramule s'esclaffe bruyamment. Ses spasmes sont ponctués de hoquets. Tout son corps est secoué. Ses cheveux, constitués de noirceur pure, deviennent plus pâles.

Et sa peau blanche prend une couleur rosée.

La Krashmale s'agite sur la table tandis que son corps se métamorphose. Elle est complètement désopilée.

Mathilde est fascinée: elle n'a jamais vu quelqu'un d'aussi hilare. La pauvre Kramule rit tellement qu'elle en pleure.

Ses cheveux sont châtains. Son teint est éclatant. Magma lui enlève son casque. Kramule se calme. Elle reprend son souffle. Elle tousse un peu en regardant autour d'elle:

— Que se passe-t-il? Je me sens différente, dit-elle faiblement.

Magma, Lumina et Mathilde l'observent avec fierté:

— Tu es devenue une Krashmale finie! lui annonce Magma.

Chapitre 5

Magma et Lumina aident Kramule à se relever. Cette dernière secoue la tête :

— J'ai l'impression de me réveiller d'un long cauchemar.

— Tu as été Krashmale toute ta vie, c'est normal ! lui dit Magma pour la rassurer.

Kramule fixe Lumina :

— Je sais que je te détestais, mais je ne sais absolument pas pourquoi. Tu as l'air plutôt gentille.

La Karmadore est mal à l'aise :

— Je… nous nous détestions parce que nous étions des contraires, toi et moi. Tu créais la noirceur, et moi, la lumière.

— Maintenant que j'ai perdu mes pouvoirs, nous n'avons plus de raison d'être ennemies, n'est-ce pas ?

Kramule lui tend la main pour faire la paix. Après une brève hésitation, Lumina la serre.

C'est alors que Xavier se réveille. Il n'en croit pas ses yeux !

Mathilde l'aide à se relever :

— Ça t'apprendra de courir après tes trophées ! Tu as manqué la chose la plus spectaculaire que j'ai jamais vue ! Magma a réussi à faire rire Kramule et elle est devenue une Krashmale finie !

— Avec l'aide précieuse de Mathilde, ajoute Magma en lui faisant un clin d'œil.

Xavier n'en revient pas :

— Vous auriez pu me réveiller, quand même !

Dans la maison du maire, le robot passe un chiffon sur le comptoir. Shlaq, Embellena et Fiouze sont assis dans la cuisine. La Krashmale exprime son admiration :

— Bravo, Shlaq. Ton plan est tout simplement… génial !

— Shlaq est content qu'il te plaise, vipère. Seras-tu de la partie?

— Je serai honorée de participer à l'anéantissement des Karmadors!

⚡⚡⚡

À la ferme, Gaïa et Mistral ramènent Pénélope, qui est dans son fauteuil roulant. Elle est affaiblie à cause de tous les tests médicaux qu'elle vient de passer. Xavier et Mathilde sont contents de retrouver leur mère et de lui raconter leurs aventures de la journée.

Magma prend Gaïa à part, pour éviter que les enfants ne l'entendent:

— Alors, comment va Pénélope? s'enquiert-il.

— Son état empire. Les docteurs sont vraiment inquiets. Mais elle ne veut pas que ses enfants soient au courant.

⚡⚡⚡

Un camion noir s'arrête devant la maison du maire. Un immense Krashmal musclé avec des cornes en sort. Il transporte une boîte très lourde.

La brute apporte son paquet à la porte et sonne. Fiouze répond avec empressement. Il est tout déçu en reconnaissant le livreur:

— Ah, c'est vous. J'esssspérais que ce ssserait Kramule.

— J'ai un colis pour Shlaq de la part du professeur Nécrophore, annonce le gros Krashmal.

Shlaq arrive à la porte, tout content. Il s'empare de la boîte:

— Enfin! Shlaq a tout ce qu'il lui faut! Ha, ha, ha!

Fiouze lance un regard vers la route, découragé:

— J'esssspère que Kramule va revenir avec mes lunettes, se lamente-t-il en se frottant les bras. Brrrr! Je commence à avoir froid, sssans ma belle fourrure.

↯↯↯

À la ferme, après le souper, les Karmadors et les enfants quittent la maison pour aller terminer leur projet: l'érection du tout nouveau totem des Sentinelles!

En s'aidant de cordes et de poulies, Mistral, Lumina, Gaïa et Magma hissent la grande colonne de bois sculptée à l'endroit même où se tenait l'ancien totem, saboté par Pygmalion.

À sa base, on peut voir le visage des esprits protecteurs du clan du Cardinal, l'ours et le raton laveur. Au-dessus, il y a une tête de chat, l'animal préféré de Xavier, et une tête de cheval, l'animal préféré de Mathilde. Et au sommet se dresse un cardinal tout rouge, les ailes déployées, tenant dans ses pattes un grand trèfle à quatre feuilles, le symbole des Sentinelles. On a taillé chaque feuille du trèfle en forme de goutte, pour évoquer l'eau de Kaboum.

Pénélope assiste aux travaux à partir du perron. Elle est fière de ses enfants, mais elle ne peut s'empêcher de verser une larme. Elle sait qu'il ne lui reste plus beaucoup de temps avant que sa maladie ne l'emporte.

À moins que quelqu'un trouve un remède à son mal mystérieux…

Table des matières

Dans le prochain numéro...

Le défi des Sentinelles – 1re partie

Dans une petite ville, quatre Karmadors protègent les citoyens contre les méchants Krashmals. Ce sont les Karmadors de la brigade des Sentinelles!

Pour Shlaq, cette fois, c'est la bonne: il met en action son plan diabolique! Aidé d'Embellena et de Fiouze, il tend un piège terrible que les Sentinelles ne peuvent éviter.

Tout va mal pour nos héros. Malgré l'assistance de Khrono et de STR, les Karmadors tombent les uns après les autres. Les Krashmals voient leurs rêves les plus fous se réaliser, et l'avenir de l'humanité est en péril!

Les Sentinelles réussiront-elles à empêcher Shlaq de devenir le maître du monde? Pourront-elles protéger la pauvre Mathilde des griffes des Krashmals? Si vous croyez que la réponse est oui, vous vous trompez…

Dans la même série:

Achevé d'imprimer en novembre 2008 chez Gauvin, Gatineau, Québec